CW00516458

Poemas SIN TIEMPO

Jandres JS

El amor, lo ilógico y el desamor.

ÍNDICE

PRESENTACIÓN 1

ME CANSÉ DE BUSCARTE. 4

EN UN INSTANTE. 6

LUNES 9

PENSANDO 11

LA POESÍA EN ÉPOCA
DEL CORONAVIRUS 13

EN EL RINCÓN DE LA VIDA 16

VAGABUNDO 19

LA CARICIA DE LA UTOPÍA 21

CUANDO EL TIEMPO
COLAPSE MI MEMORIA. 23

OLVIDA 25

TU MIRADA 26

PÓSTUMO 28

ESPERANZA 29

PRIMAVERA EN EL VERANO 31

EN ESPERA 33

LABERINTO 35

UN HILO DE CALMA 37

EXISTEN AMORES 38

ME ENAMORÉ DE ALGO IMPOSIBLE 40

EL PASADO 42

RIACHUELOS 44

SE OCULTA EL SOL 47

AMÉMONOS 49

LAS HOJAS DE OTOÑO 51

HACE FRÍO 53

SILENCIOS 55

ALEGRÍA 59

INVIERNO 60

LOS DÍAS PASAN 62

INICIACIÓN. 65

BAJO EL SUPLICIO DE LA TARDE. 67

CUANDO ME MUERA. 68

PALABRAS QUE MATAN. 72

SOL DE PRIMAVERA. 74

INTENTO EXPLICARTE.   76

¿A QUIEN LE INTERESA UN POETA?   78

VERSOS SUELTOS Y DISUELTOS.   82

A NUESTRA TIERRA : CUZCATLÁN   84

FOLLAR.   87

HOY, EN TU CUMPLEAÑOS.   89

TE HAS IDO AMIGO   90

EL POEMA   92

QUE MUERDE MIS MANOS   92

CUANDO LAS MADRUGADAS   94

ERAN MÍAS.   94

TIEMPO AQUEL   96

BAJO LA MISMA LUNA.   97

RUMOROSO SILENCIO.   99

GUERRERA DE LA VIDA.   101

BUSCO UNA EXCUSA.   103

CAMILLA   104

PRIMAVERA QUE DESTILA AMOR.   105

LA ENAMORADA   107

LOCURA   110

HOY VOLVERÉ A TU ALCOBA   111

UN DÍA CUALQUIERA   112

RETAZOS   114

¿Y SI VOLVEMOS?   117

EL AMOR ES COMO EL CACTUS.   119

LOS SUEÑOS COBRAN VIDA.   122

AGRAVIOS Y LA NECESIDAD

DE SER HEREJES.   124

SE FUE EL PODEROSO   127

CARTA PARA MI HIJO ULISES.   129

PARA WILLIAN   132

ROQUE, FUSILEMOS LA PANDEMIA   134

UN FANTASMA RECORRE MI CUERPO   136

CORAZÓN EN LLAMAS   138

APOLOGÍA DEL AMOR   140

PRESENTACIÓN

La presentación de la antología Poemas SIN TIEMPO es el encuentro entre textos escritos hace 20 años y los tiempos actuales; las personas que tengan contacto con este libro podrán apreciar un manjar de inspiraciones en la época en que, algunos sectores de la humanidad se muestran con cierta indiferencia frente a la poesía.

Sin embargo, la fuerza que encierra la poesía en todas sus corrientes, es la energía que necesita la humanidad para encontrar un rumbo ante la crisis de valores y la nebulosa cultural que se atraviesa.

Jandres JS es impulsor del neo-iluminismo, en su concepto de transformación cultural que, como nueva vanguardia impulsa ideas frescas que dan pistas para ir entendiendo la edad moderna de la poesía escrita usando muchas técnicas, pero que en esencia, sigue siendo vida, razón que ilumina y el sendero para seguir con la mirada en el horizonte rumbo a la construcción de una nueva sociedad.

El autor de esta obra está convencido que la socialización de las artes es el método para que las poblaciones puedan enriquecer aún más la cultura, en un mundo cada vez más en manos de las tecnologías.

No tenemos que tenerle miedo a la ciencia cuántica que se avecina, al contrario, es la ocasión perfecta para escribir temas del amor, desamor y reflexiones de los acontecimientos sociales, del cambio climático, las nuevas relaciones humanas en una mutante sociedad del consumo.

Es innegable que a pesar de los avances científicos y los modelos económicos que ven la literatura como mercancía, los seres humanos seguimos teniendo sentimientos, sueños, ideas y necesitamos, por instinto de supervivencia la interacción con el medioambiente; en este caminar, la poesía no será echada al olvido, al contrario, la capacidad y recarga emotiva que nos brinda la poesía, serán herramientas indispensables para enfrentar con mente amplia los nuevos desafíos de la sociedad del consumo y de la indiferencia.

Siempre volveremos a los versos, siempre buscaremos una inspiración para sentirnos vivos o salir de la monotonía de una sociedad frenética y sin rumbo filosófico.

Es allí el rol de la escritura poética, el mostrar un camino, el hacernos sentir humanos en esos momentos de quietud, cuando descubrimos que estar bien significa crecer espiritual y emotivamente.
A las puertas de nuevos productos tecnológicos y del capitalismo digital-financiero; siempre, algún poema, podría cambiarnos la vida.

Como diría algún estoicista; en la sociedad actual el teléfono móvil es un instrumento, en el cual guardamos cosas útiles como los ebooks, de ese modo, las cosas importantes para vivir, los poemas o novelas, están a portada de mano; sin quitar la fuerza de los libros en formato físico.

Es allí donde vemos interesante la coincidencia de saber usar los instrumentos tecnológicos y los alimentos fundamentales, por ejemplo la lectura de cosas que nos ayudan a cruzar el puente hacia estados de felicidad o reflexión.

En el libro se encuentran algunas cartas para la reflexión, como, *"Cuando me muera"* y *"Carta para mi hijo Ulises"*, entre otras.

En este segundo poemario, el escritor refleja sus inspiraciones en una constante lucha entre razón y locura, frente a la crudeza ilógica de la vida y otras formas de ver la moral; todo esto conjugado y enredado entre las estaciones del año, el viento y los silencios.

Jandres JS lanza su segundo poemario con el objetivo que sus inspiraciones se funden con la vida y viajen por las venas de las y los lectores que busquen sencillez, naturalidad y atrevimiento.

ME CANSÉ DE BUSCARTE.

Viajé por todos los rincones de las redes
y nada
busqué entre las fotos de satélites
y nada
en los lugares que visitabas
ya nada
entre los sueños en los que estuviste presente
y nada...

Nada!

Me cansé de escribir tu nombre en google,
de recorrer cada evento y frase que decías
para descubrir pistas, y todo fue inútil.

No has dejado huellas, desapareciste
te perdiste entre la palidez de la tarde
entre el caos que te guía
entre tus manos que crean
entre la depresión que te persigue
y entre el odio que te inspira.

Te busqué en facebook, istagram,
youtube, twitter,
tik tok, y otras más, y todo fue en vano.

Se está marchando lentamente el verano
el otoño traerá nuevas búsquedas
el invierno la nostalgia
y las noches la ausencia.

Es imposible encontrarte,
como una condena
como un grito desesperado
que no encuentra reparo,
como un adiós sin cadenas
como un te espero sin respuestas;
me cansé de buscarte.

A lo mejor me rinda,
a lo mejor, nunca estuviste a mi lado;
me voy sobre el andén de la vida;
no quiero caminar por carreteras,
prefiero los rústicos caminos
que conducen a los cerros inhóspitos
y perplejos,
montes que no dejan de sorprenderme
árboles que no dejan de enamorarme
brisa que no deja de robarme las lágrimas
mientras veo la lejanía,
mientras acepto, que me cansé de buscar
a alguien que no existe!

EN UN INSTANTE.

Si las noches pudieran decirte
lo mucho que te amo
si las ranas en los ríos solitarios
pudieran contarte
lo mucho que te extraño…

La lluvia que resbala por mi cuerpo
y que gota a gota perfora la nieve
me pregunta por vos.

Y yo… Con mis pasos lentos
en la inmensidad de las tardes;
los techos y los árboles se visten
de blanco… En este viernes que cae
y se expande la voz mientras los muñecos
de nieve me miran al pasar.

Un escalofrío recorre la columna
de mi cuerpo que inicia a sentir
el peso de los años…

En un arrebato de inspiración
en esta frenética ciudad
con esta cascada de palabras
que acarician tu cuerpo mientras danzas
sobre la arena mojada…

De esta atrevida imaginación...

En estas ráfagas de suspiros
de goces y caricias.

Poco a poco
de hito en hito
y de verso en verso
vamos empujando la luna
para que salga el sol.

Soy la negación de lo que pensé ser,
anochecí escribiendo y amanecí poeta.

Me imagino,
ver caer la tarde juntos
tomados de la mano sintiendo el tic tac
del reloj que no se define
y el sol que nos ve de lejos
cuando se va ocultando por las casitas...

Amanece,
la aurora alumbra con su alegría
el sol nos vio de lejos
y nos descubrió juntos;
como todos los días
en un salvajismo casual

de una mirada sensual
de tu pecho que sofoca
cuando acercas la boca
y seguimos tomados de la mano...

Otro día juntos;
entra la tarde...

LUNES

Hoy, desde la altura de la vida intensa
con estas manos insolentes, dedos inquietos
otorgándole al día alguna caricia inmensa
implorando un beso en el suspiro
de los párpados lentos de ver la aurora.

Hoy, un día cualquiera y con cualquier destino
desnudo ante la presencia
del inicio del fin del invierno
perplejo ante los borbollones de silencios
de miradas perdidas en el urbanismo.

Hoy, cincelando las horas agitadas
esperando el eco de las carcajadas
de días locos y necio frenesí.

Hoy, como en el ayer que fui
resisto ante los embates de la vida
vida cual quimera que se escapa
entre la niebla del consumo y excesos.

Cuerpo que desgastado va arrastrado
gozando de los placeres tan humanos
que a veces parecen orgías de desvelos,
borracheras, música y poesías.

Hoy, mientras espero el timbre para iniciar
la faena que me permite comprar lo necesario,
lo básico para mantener con vida este cuerpo;
escribo, líneas sueltas en la indiferencia
de los minutos
que comen todo y me ven con desprecio.

Hoy quiero decir con voz baja
en los altos parlantes de la vida,
que mi cuerpo está siendo bien usado y abusado
para que cuando me llegue la hora del adiós
no ser el cadáver más sano del horno
ni las cenizas más puras del cementerio,
sino, los despojos de alguien que vivió
con apresurada pasión, lo que llaman vida...

PENSANDO

Amanece otra vez por esta parte del mundo,
horizonte mudo y descalzo
harapientos amaneceres que nos arrastran
sin piedad en esta vida de holgada
desesperación.

Cuán grande es la dicha de los pájaros
que vuelan como drones entre los árboles,
casas, mares y viven sin preocupación.

Pandemias, epidemias o coronavirus
en una sociedad impreparada
cuanta basura acumulada
cuantas manos cansadas.

Cuanto fanatismo disfrazado
hackers y terrorismo digital;
muchos viven fascinados
de un mundo de burbujas,
un mundo, que no es real...

Cuanto miedo veo en los ojos
buses casi vacíos y sueños, casi llenos.

Pero a pesar de toda la propaganda
siempre hay sonrisas
y algún forajido pensador
que nos ilumina el paso
en esta travesía de la vida
en esta existencia de amor.

LA POESÍA EN ÉPOCA
DEL CORONAVIRUS

Dejar de escribir es algo impensable,
como lo es dejar de amar,
amar en tiempos del Covid-19
amar en momentos en los cuales
vemos por más tiempo a nuestros hijos,
obligados a no salir de casa.

Los seres humanos pensamos que somos
más importantes que otras especies,
nos equivocamos
nos equivocamos...!

La poesía en época del coronavirus,
es poesía agridulce
de preocupación y precauciones
de sospechas contra los potentes del mundo
solidarios con los enfermos y
las masas que han perdido sus empleos
esto es, lo que vivo, siento y expreso
a lo mejor trivial para quien lo lea
dentro de 20 años,
incluso, es posible que sea el inicio de un largo
camino
de agonía y desolación en este planeta.

No lo sé.

Para los miles que seguimos trabajando,
que salimos todas
las mañanas de casa,
cargamos con sigo la mirada en el ocaso,
lo cierto es,
que el Coronavirus nos está cambiando la vida,
nos abre los ojos y valoramos aún más la familia,
la familia que está junto a nosotros y la que está
lejana...

Que tragedia humana
en la cual el amor es la base de todo
el temor de perder un ser querido
la economía golpeada
la salud vapuleada
y la poesía escrita con tristeza
en esta época de Covid-19.

Luego de esta locura
el mundo no será igual
y cada cual
se reinventará un motivo
para seguir vivo!

Esto pasará a la historia
esperando que las élites que dominan el mundo
no sigan cometiendo estupideces

de destruir la vida
para reorganizar su mercado...!

Lombardia, Italia
21/03/2020

EN EL RINCÓN DE LA VIDA

Hemos escrito tanto
que ya no recuerdo cuando todo inició
y esto no puede ser solo inspiración
desearía que fuera una avalancha de amor
que nunca se marchite
que palpite en cada verso,
en cada beso y en cada flor.

Lo nuestro no puede quedar así
sería convertir la vida en algo banal
y llenar los espacios con desolación.

Escribimos tantas cosas que pareciera
que ya no hay palabras
sin embargo, a cada nuevo amanecer
nacen mil razones para seguir robando
espasmos a los primeros rayos de sol
que llenan la vida toda, y el amor.

Pero todo se detiene!

Solo han quedado los escritos
tirados en el infinito mundo de la internet
manos invisibles los acarician
y corazones rotos los olvidan.

Hemos escrito tanto en tantos desvelos,
horas de emoción y piel erizada
de ansias, de esperas y carcajadas;
renunciar a eso es como arrancarse
trozos de piel,
es como morder la hiel de las noches prietas
es como dejar de vivir.

Pero todo se detiene!

Ya no hay atardeceres hermosos
ni madrugadas cargadas de alegría
ni miradas radiantes que transmiten energía
solo hay, palabras que las arrastra el viento
del tiempo cruel y asesino.

Pero todo se detiene!

Todo se detiene en las miradas plásticas
y malditos dedos que escribieron te quiero
y bastardos días que arrastraron el adiós
y malditas horas que pasaron de prisa,
pues aún tenía
algunas caricias que hacerte
antes del holocausto del adiós.

Hoy me toca leer mil veces tus poemas
que con urgencia me regalaste

porque el amor no esperaba
y era preciso decir lo que se pensaba
en ese momento.

Solo han quedo los escritos
como testigos de nuestro náufrago amor
que al llegar a tierra firme
decidimos, volver al mar de la incerteza.

Y tú navío se perdió entre las embravecidas olas
y mi bote, se hundió en los crepúsculos,
allá donde termina el mundo.

Todo se detuvo
y hoy las cervezas hacen recordar
mientras apago la luz
para dejar de leer tus poemas
que hacen tanto mal
en este vacío
en este rincón de la vida, sin ti!

VAGABUNDO

Si, hoy, delirio…

Y esta sed de justicia
es hija de alguna utopía, de alguna pasión
o canción!
Que ganas las mías, de vivir luchando,
de seguir caminando,
de seguir amando…

En esta noche, bella, alegre y triste
me veo en el espejo de la historia
y me veo un inmigrante vagabundo, con una
terquedad
profunda de alcanzar la paz…

Un luchador de calle, calles llenas de historias,
encontrándome en estos edificios
viejos, y viejos recuerdos, me parece detener el
tiempo, me parece
detenerlo todo, cuando en realidad
no detengo ni tengo nada.
Solo las ganas de vivir y seguir creyendo en lo
que creo…

Cuando se sale de la tierra que nos vio nacer
se siente arrancar un pedazo del alma!
¿Cuándo volveré?

Oh tierra mía, se ven cambios en mi existencia
mis amigos se han ido o se han casado.

Siguen caminando los pobres por las calles,
por las calles antes empedradas, hoy bonitas,
pero vacías.

Me siento un conquistador sin conquistar nada,
amar sin ser amado,
inmigrante de profesión,
me siento perdido en el laberinto
de esta gran ciudad.

Agosto 2000 1:20 a.m. Milán, Italia

LA CARICIA DE LA UTOPÍA

Una lluvia de besos baja por la cordillera
se resbala por tu vestido hasta empapar la piel
el tejido de tu ropa se une al cuerpo,
sobre salen tus caderas
y da brincos mi corazón.

Sin perder la cordura y la razón
busco el pretexto para ver tu cuerpo
bajo la aurora del nuevo año
bajo la sonrisa de nuestro amor.

Frenética vida de andanzas torcidas
en la que nos toca vivir
en una sociedad convulsionada
envuelta en frías miradas
acobijada con un diálogo infecundo
donde las caricias de las utopías
chocan con la actualidad de la cultura
y regresamos a las topías
que nos conduce a la cordura.

Cordura cuestionada, cual mentira
disfrazada de razón
empantanada
como diría Espinoza
"razón apasionada".

¿Qué es nuestro amor
en esta sociedad y cultura?,
cultura inculta
y sociedad sin comunidad
solo la continuidad
de la falta del pensamiento crítico
del ser o dejar de ser
de vivir o sobrevivir
de amar o fingir
de esperar o renunciar
de soñar o dejar de soñar,
en esta lluvia de besos
que baja por la cordillera
que se resbala por tu vestido
creado de pétalos de nuestro amor
informático, cuántico y loco.

CUANDO EL TIEMPO
COLAPSE MI MEMORIA.

Aún faltan varias primaveras
para hacer florecer el amor eterno
que como Ave Félix resplandece en la vera
de las tardes doradas
cuando el sol baja lentamente por el horizonte.

Aún faltan voraces veranos
repletos de hermosos recuerdos
colgados en mi memoria
de aprendiz de poeta
recuerdos que se marchan con desdenes
sobre los andenes, de la vida.

Todavía veo entrar varios otoños
que hacen desvestir los árboles
y llenan de viento el vacío
y por las madrugadas el rocío
de la aventura, de la vida.

Aún abrazo los inviernos
tan íntimos y tan puros,
llenos de nostalgias
contemplando los eternos
amaneceres blancos
y calles solitarias.

Aún te amo
en cada estación del año
y en cada parada del tren, del recuerdo
en cada gota de lágrima
en cada trago de licor
en cada mirada perdida en la distancia.

Aún te recuerdo, hasta que colapse,
mi memoria...

OLVIDA.

Húndete, húndete en lo más profundo
disfruta sin piedad tu salvajismo sin rumbo
disfruta de los placeres más desencadenados
abraza ese amor, de los apasionados;
abraza ese abrazo, que sabes bien,
que no volverá.

Ódiame cada vez que te recuerdes de lo nuestro
historia nuestra, muy del tiempo que ya no es
nuestra
maldice nuestro romance, nuestros besos con
locura
olvida que rompimos
los moldes de la cordura.

Escupe nuestras fotos
que en verano nos hicimos
rompe todo recuerdo y olvida que nos fuimos
de paseo en las calles de los atardeceres,
olvida con odio mis carcajadas.

TU MIRADA

Me he preguntado tantas veces, sin respuestas:
¿A quién quieres? Por qué me miras así?

Desde que tus ojos se clavaron en los míos
mis manos quedaron calladas...

Te vi rebelde, inquieta
desafiante de la vida y sensual coqueta
... Te vi infeliz, apasionada, pero triste
no tuve respuestas, solo te vi...

Poco a poco comprendí
que el fuego de tu juventud
se iba apagando y prendí
tu ganas de seguir soñando.

Aún no tengo las respuestas que busco
y cada mañana que veo tu rostro, bello,
tierno, complaciente y tímida
me quedo pensando.
¿Dónde quedó tu eterna primavera?

Eres tan bella y tan frágil,
tan fuerte y tan misteriosa,
ya no sé qué pensar

pues, en tu caminar
no late más tu amor por mí.

Ya no hay tardes placenteras
ya no hay razones embusteras
se marchitó tu silencio
como se marchitan mis ganas
de volver...

Solo queda tu bella imagen
colgada en mis recuerdos
solo queda el beso eterno
poco o nada, queda de nuestro amor...

Cada mañana veo tu rostro,
y mis manos congeladas
no recuerdan tu piel,
mis dedos ya no escriben para ti,
me quedé con el reproche
de no besarte lo suficiente, que tonto fui,
dejé, sin darme cuenta,
que te marcharas sin inspiraciones
y hoy diezmada está la espera.

Acaricio tu imagen, es todo inútil
ilusiones frívolas y necias,
me disfrazo entre la sutil
mirada y caricias invisibles...

PÓSTUMO

No es fácil escribir al vacío
en este silencio sombrío
un espacio-tiempo en el que no estás,
la vida y la muerte viajan de la mano.

Me detuve a reflexionar un poco,
veo mancharse los amigos,
me quedo triste
y hoy, te has ido, tu obra no quedará
en el olvido.

En estos últimos meses, me pongo a pensar,
lo que la vida nos da la muerte se lo roba,
en estos minutos mientras escribo,
creo estar vivo
pero al terminar esta poesía no lo sé.

Todo es turbio, gris, insípido
el viento se detuvo al escuchar de tu partida
me quedé pensativo.
¿Por qué la gente buena, se nos muere?

—Tengo frío...!
Dijo, su cuerpo dejó de respirar,
y su vida no le pertenecía más...

ESPERANZA

La esperanza despeinada
en la oscuridad de medio día
y caminaba, la esperanza sombría
sin encontrar reparo, a su melancolía.

Se veía caminando en la distancia
callada y taciturna
la esperanza envuelta en ansia
por las callejuelas nocturnas.

Anonadada se aferraba la espera
arropada por las quimeras
que la esperanza llegara a su lado
y la esperanza llegó ligera
abrazando la primavera.

La noche se hizo larga
la madrugada somnolienta
y es que el amor aguanta
cuando llega la espera
maquillada con la fragancia
de la sombra de la esperanza.

Acariciando la fresca brisa
la utopía entre los dedos con soltura
se fue dibujando la risa
del que ama con locura.

Desahuciado y confundido
por perder la esperanza
siguió el Quijote en su fiel, andanza.

PRIMAVERA EN EL VERANO

Fui feliz
no cabe la menor duda
fui feliz
en el aroma mojado de la juventud
bajo la brisa primaveral
de mi libertad despilfarrada
fui feliz en las madrugadas de amor holgado.

Feliz cuando las mañanas
me encontraron abrazado
a alguien que llenó mi mundo de fantasías
que me dio vida, energía y vibración.

Primavera de felicidad en el verano fértil
en las tardes de sol fulminante
de paseos deliciosos y suaves caricias.

Fui feliz en los rayos tiernos del sol muriendo
en los ocasos nuestros y en las noches mías
y en las sonrisas tuyas que iluminaban todo.

Fuiste feliz,
en los pequeños momentos de plena libertad
en las horas calladas de miradas traviesas

de besos apasionados y apasionantes
labios tan exquisitos que al recordar
incitan a la subversión más expandida.

Fui feliz
con una cerveza y una tarde
fui feliz en la sencillez de mi pelo malcriado
en la palidez de mi mirada
y en la placidez de tus encantos.

Fui feliz por instantes
minutos que eternizan los amantes
amantes que son la negación del olvido
felicidad, sinónimo de éxtasis
de orgasmos indomables
o sonrisas perdidas entre el sol que se oculta
en cada verano, de la vida.

EN ESPERA

Te busqué en las bibliotecas medievales
en los alcantarillados de pueblos viejos
en los andenes mojados,
y por los resbaladizos canales.

Y nada, nada
retumban los días de árboles floridos
ya no hay vencidos ni vencedores
víctimas ni culpables
ambos fuimos arrastrados por la vida
de mendigos de amor y forajidos.

Tomé cada uno de los recuerdos
de esos hermosos que al final,
fueron ladrillos
con ellos pude construir el castillo
que nos imaginamos juntos
y ahí, deposité mi corazón
para que cuando abatida por un desdén
te atrevas a mirar
con tus ojos bellos
el interior de la casa
y descubrirás sin asombro
mi corazón desplomado,
descalzo y arruinado,
en la espera de un abrazo.

No es verdad que no te quise
pero si es verdad que has sufrido
cansancio que te llevó al olvido
y odio que te llevó a otros brazos.

Ya no hay tiempo para buscar culpables
no sé si habrá tiempo para otros besos
pero en lo que dura este escrito
mi corazón sigue preso
en ese castillo de recuerdos
esperando tu regreso
o en la confirma de tu olvido.

LABERINTO

Si regresara a volver los ojos hacia atrás
si cultivara suspiros y recuerdos
no quedaría de mí, ni una sola gota
de vida, sangre y lágrimas
bajo el esqueleto de un disfraz.

Provocación tímida y censurada
en temas, siempre del amor
ya que no logramos sacudir las penas
que viajan por las venas
por las tardes, apresuradas...

Miradas indiferentes o curiosas
más indiferentes, que otra cosa
con un toque de curiosidad
y entre esa pesquisa, la entrada del invierno.

Fin del otoño gris y el arribo
del invierno de frío penetrante
de paseos cortos por senderos
decorados de árboles, patos y agua
senderos que describo
como refugio de amor.

Las hojas de los árboles se escapan
con naturalidad inquietante,

a otros nos queda el color
y entre manos
la apología del amor.

Laberintos
de sueños y proyectos
laberintos de poemas, rebeliones
andanzas en el fin del otoño
bajo el umbral del invierno.

Laberintos de consuelos
enredados entre tardes y madrugadas
envueltos en la sábana de ternuras
y cloacas de pañuelos
que indican picadas
de insectos infrahumanos
en laberintos de pisadas
que acarician, mis manos
en esta, apología, de amor...!

UN HILO DE CALMA

Por la rendija de la vida
agitada, pálida y confundido
camino despacio y mirando
el futuro que acobija.

Una pausa en la desesperación
un rayo de paz entre la lluvia
sabiendo que desde algún lugar
se formará un arcoíris de sonrisas
y serán momentos de fresca brisa
en ese hilo de calma.

En medio del pantano se camina
pensando en flotar por los aires
cuyas alas las brindan los duendes
dueños del mundo oculto.

EXISTEN AMORES

Existen amores profundos
con huellas por todo el cuerpo
existen cuerpos cargados de amor...

Pero... hay amores incomprensibles,
sentimientos menguados
besos extraviados bajo los inviernos europeos
amores que acusan y condenan
besos que no encuentran puerto
y marineros sin besos.

Existen amores que golpean,
amores que duran lo que dura un sorbo de café
hay amores que se apagan al ritmo
del consumo de un cigarro
y hay cigarros, que jamás los fumaré

Hay besos que no puedes decírselos
al oído de la noche
hay noches vacías
y hay vacíos, de amor...!

Existen amores, que olvidaron los poemas
creados entre dos
cuya autoría es compartida
al igual que los abrazos;

al igual que los lienzos de rosas...
El arte y el amor, son la misma cosa.

Pero... hay amores que reclaman
olvidando que cuando aman
solo basta una palabra, HOLA
y todo se vuelve bello
aún en los destellos
de soledad...

Existen amores profundos
con huellas en el cuerpo...

ME ENAMORÉ DE ALGO IMPOSIBLE

Todo es posible en la medida que sea imaginario
todo es imaginario
si queremos satisfacer lo imposible
si hay reproches, que sean luego de cena
y si hay cena,
que sea acompañada de algún vino.

Si tienes que reprocharme,
que sea luego de los besos
si deseas maldecirme, pues hazlo,
después de abrazarnos
si quieres insultarme,
que sea luego de amarnos.

Antes que termine la cena podría regalarte
un trozo de papel con mi escritura
que la pensé mientras, otrora, tocaba tu cintura
y antes que se termine el vino, quisiera cantar
alguna canción inventada
para que en tus reproches incluyas
mi desafinada voz,
para que todo te salga lindo.

Permítame si antes brindo
por esos buenos momentos
los planes de vivir por el mundo;

ese mundo que nos descubrió en la espera
de la llegada de la noche
porque bajo las estrellas nos besamos...

Perdón si interrumpo tus ganas de reproches,
de reclamos y acusaciones
pero no hay vino ni canciones
que se nieguen aún dilema.

EL PASADO

Si volviera a creer en las utopías,
si me engañara pensando que las noches son
mías,
no habría tiempo para estar triste
porque tendría, el reboso de tu cuerpo.

Si volviera a encontrarte
y piel con piel frente a la noche
resistiendo al hostil destino
en el ostracismo confundido
seríamos pan, vino y alguna carcajada.

Al entrar veloz la madrugada
envueltos en el placer indescriptible
volvería los ojos hacia atrás
y me quedaría mudo, ante tu presencia.

No sabría que decir en la inmensa satisfacción
por tenerte en el fugas espacio de una vida
prendida en la ilusión, de lo que llaman amor.

Eso fue un maravilloso, fiel y maldito pasado
de desnudez, amarguras, besos y abrazos;
si pudiera volver los ojos hacia atrás,
a lo mejor, volviera a encontrarte
coquetería sin duda alguna con
la muerte, todo por tenerte
solo un atrevido instante
de locura y éxtasis,
lujuria, ternura,
y reproches,
de amor...

RIACHUELOS

Hay tanta agua en un solo punto,
tantos consuelos
para los infelices,
y tanta tristeza para los que amando olvidan.

Y... La terca ansiedad de tocar el cielo,
la necia voluntad de la espera,
el camino marchito
que clava trozos de memoria.

Hay tanta ansiedad en la tarde gris,
tantas nubes oscuras que rondan mi ser,
tormentas cargadas de eléctricas
pasiones, centellas de suspiros
y muertas ilusiones.

Riachuelos, riachuelos de cuerdas de guitarras,
de sonrisas bellas y miradas tiernas,
mares en los ojos
y cabellos sueltos al viento.

Riachuelos, de pelo mojado
y sonrisas de la tarde
embustera, caminatas vibrantes
y tropiezos dichosos.

Riachuelos de esperanzas,
de sueños rotos, de robles
reposados y carbones encendidos.

Caminan por los senderos tristes
los ojos confundidos,
apedreados por el amor inconcluso,
vapuleados por la vida injusta,
una vida,
llena de riachuelos de lágrimas
escondidas.

Hay tanta agua en un solo punto,
tantas gotas entre las manos abiertas,
el cuello erguido y
la cabeza que enfrenta
el cielo con nubarrones,
riachuelos de tristezas,
amarguras hijas de la esperanza.

Ya no hay espera ni andanzas,
solo quedan,
los riachuelos

Noches de silenciosas tormentas,
de gritos en el ocaso
y vasos vacíos con aroma
a whisky evaporado,

riachuelos de recuerdos felices,
tardes que parecían eternas,
besos que parecían mentiras
y promesas que quedaron en los bares inquietos.

Riachuelos de esperas, de abrazos sinceros,
de despedidas mudas y remordimientos.

Cartas convertidas en riachuelos,
mensajes en los móviles, emojis y suspiros...

Ya no hay olvidos que duelan ni esperanza en la
espera, solo hay sinfonías de tiempos bellos,
de felicidad plena, de roces sin cadenas
y despilfarro de amor.

Ya solo escucho el clamor,
de esos días inefables,
benditos y culpables, de nuestro amor.

Amor que se disfrazó, de riachuelo...

SE OCULTA EL SOL

Ya es hora de que nos vayamos sincerando
no estás leyendo para perder el tiempo
es posible que ante el recuerdo tiemblo
inventando letras y revelando sueños.

Trillé los sentidos de mi corazón
y en el buzón de tu compostura
rompí las oscuras
noches de inspiración.

En el doblez de tus caderas
que desplomas sobre mi cuerpo tendido
dejan de tener razón los sentidos
y me pilló el desenfreno
del más desnudo pudor.

El sudor que resbalaba inquieto
por mi cuello y sus secretos
son testigos confesos
de nuestros ardientes besos.

Y siguió la noche tensa
por el rumor de la cama
se confundieron las caricias en la densa
y clara luz de las ganas.

Nos descubrió el amanecer desnudos
creía que era un sueño
tú, prendida en la orilla, del nuevo día
mientras te acariciaba las costillas
y se perdía mi mirar por la ventana.

Ya yo finjas amor, los dos nos amamos
sin miedo y con miedo
pero logramos
darnos los besos que quisimos
y fuimos, fugitivos del destino...

AMÉMONOS

No hay tiempo cielo
no hay tiempo,
tenemos que amarnos sin descanso
tenemos que besarnos sin pausas
tenemos que sonreír en cada aurora.

No hay tiempo cielo
nuestro amor no puede esperar
tenemos que entregarnos por completo.

Amémonos, y fundamos nuestras almas
en un suspiro inquieto
besémonos, como dos desesperados
que se despiden en la tarde.

No hay tiempo, cielo,
para esperar que caiga el crepúsculo
escondamos nuestros cuerpos
entre el sudor
del deseo.

Amémonos, y juntemos
nuestras ganas en un gemido profundo.

No hay tiempo cielo
no hay tiempo para la tristeza

no hay tiempo para buscar culpables
solo hay tiempo, para amarnos...

Amémonos, que el tiempo se acaba
en el umbral de la espera...

LAS HOJAS DE OTOÑO

Esta mañana, mientras caminaba rumbo al trabajo, la mente volaba hacia esferas confusas queriendo resolver los problemas cotidianos.

Sin quererlo, mis ojos se desplazaron hacia el interior de mi cuerpo, y desde el interior, pude sentir la fresca brisa de la mañana, usando esos chispazos de conciencia despierta, puede usar los ojos de mi cuerpo para mirar las hojas de los árboles que arrastraba el viento otoñal, descubrí las ondas de las primeras horas del día, y fue como una sinfonía de alegría para el alma.

Cuantas veces vivimos fuera y nos empantanamos en problemas que se enredan cada vez más y más, y casi nunca nos miramos hacia dentro y usamos el cuerpo del alma para ver hacia fuera.

En este otoño, como en todos los anteriores, nacen esos deseos de platicar con la vida cara a cara, y descubrir las vibraciones y áureas que rodean todo, como ondas expansivas vuelan las imágenes que surgen en la pantalla de la mente, cuando piensas fijamente en algo, eso se transforma en el sutil mensaje que viaja por los corredores del espacio, algunos lo llaman telepatía.

De igual forma, cuando interactuamos con las personas, y las miramos usando los cuerpos del alma, podemos notar la fuerza de sus vibraciones, porque al final somos melodía en el basto universo, somos ritmo y pálpito en el púlpito de la existencia.

Esta mañana descubrí, que el otoño nos renueva las energías y emociones para enfrentar las cosas de la vida, que no son buenas ni malas, son; eventos y circunstancias en el retorno de la existencia.

HACE FRÍO

Hace frío en las manos
hace tanto frío en el aire
que hasta mi nariz se congela
y nadie en estas horas
mis manos consuela.

Hace frío en el pecho
que hasta el corazón se detiene,
sufrido,
marcando el paso de la vida
siguiendo el viento del olvido.

Hace frío en mis ojos
negros, vagabundos y tercos
los mismos que sin quererlo
miran tu invierno rojo
en la espera de otro año
y en llegada de otro invierno.

Hace frío en la vereda
que conduce hasta tus manos
y tan ansiada boca
que al poeta provoca
un suspiro con alevosía
en este huracán de ideas
en esta noche sombría.

Hace frío en la ausencia
que duele más que una herida;
se congela el alma y abatidas
siguen las horas confundidas
queriendo despertar del sueño,
del sueño de la vida...

SILENCIOS

Jamás me había sentido como
una hoja arrastrada
por el hostil viento de la tarde fría
y milenaria que acaricia,
y cae sobre el desierto más inhóspito;
jamás mi alegría se había
transformado en desilusión y resignación
al sueño acariciado con tanto amor.

Nunca pensé sentirme
emblemáticamente desolado
y con mis ojos
empalados mirando hacia la nada.

En cambio para ti,
el ayer ingrato se transformó
en el presente lindo, en el abrazo tierno
y las miradas de pasión, alegría y satisfacción.

Nunca pensé ser golpeado
por mis palabras embriagadas de inmensidad
y lanzadas hacia tu pecho
vibrante y febril;
jamás pensé quedarme sentado en los recuerdos
que me incitaban
a quererte aún sabiendo de tu olvido.

Hoy compruebo, con furor
y rabia que realmente todo está perdido;
me ilusioné estérilmente, acaricié una
utopía que chocó con la vida
y me descubrió perdido.

Nunca medí la temperatura de nuestro amor
hasta que comprobé
que te amé con locura
y que me diste tu cuerpo con pasión;
pero todo terminó hace mucho tiempo.

Y viví pensando en renacer esos
momentos hasta que descubrí
que ya no hay razón para seguir soñando,
nunca pensé quererte tanto hasta que descubrí
que te perdí, esta vez para siempre.

Tenua voz en la piel herida
carcajada de melancolía en las noches pálidas
áridos consuelos que no llegan ni a pañuelos
húmedos, en el terco sabor, de tu partida...

Se esfumaron los días maravillosos
bajo el perfume de los sollozos
ojos negros y profundos
que ven con desprecio los escritos iracundos...

Ya no importa el desdén, ya no importa nada
quiero navegar en tardes de niebla,
en las calles solitarias y cómplices
de mis sueños y olvidos forzados...

La noche y mis sueños abrazados,
ya no hay a nadie a quien le escriba
ni esperanzas que aguanten
al poeta desquiciado...

Se fue el ayer en el umbral de las quimeras,
ya no hay inspiración imaginando las palmeras,
solo silencios, tristezas y ayeres de abrazos,
ya el brillo de tus ojos se marchó,
hacia el ocaso...

Cuando alguien deja de amar, muere
y se lleva con sigo un tumulto de recuerdos,
algunos escritos, contados o enterrados,
no hay hueso que aguante el dolor
ni hay dolor que perdure por siempre.

Llegó el invierno, de repente
se abrieron las puertas de mi alma
y el desconsuelo, la desilusión
es más letal que la cafeína.

Y llegó el ayer para quedarse
torturar las vísceras
torturar mis ojos
y quebrantar la paz artificial
que me había construido
con las gotas de las lágrimas...

ALEGRÍA

No dejemos que la tristeza nos derribe
no permitamos sentirnos débiles
somos águilas tenaces y hábiles
que la tormenta espanta y la alegría inhibe.

No dejo que se agüen los ojos
a no ser que sea llanto de alegría,
hoy escuché la mañana y la toqué fría
pero este día
no será opacado por los silencios.

Alegría, combustible que nos permites
viajar respirando las vibras
de cada átomo de sol
que entra en nuestro cuerpo
para llenarnos de luz.

INVIERNO.

Conduzco en la mañana con tráfico esporádico,
hace frío, mis manos lo saben,
también en mi alma,
el invierno llegó en retraso,
pero llegó,
como llegan las mañanas tristes
en la proximidad del hielo
que se forma entre el parabrisas y las manos.

Invierno,
invierno de miradas tiernas en la profundidad
de la niebla que oculta la vida
invierno, invierno de silencio
y ajetreos en el hilo,
de la existencia...

Conduzco el automóvil
mientras imagino que las ruedas
rompen esa sutil capa de hielo en el asfalto,
al interno del Batimóvil, todo es frío,
hasta los recuerdos matutinos...

El auto prosigue despacio,
como queriendo encontrar
un motivo para seguir,

y yo, nada,
mis manos instintivamente mueven
los botones para la calefacción
mientras se enciende la radio,
pero prefiero aquel cd, todavía cd,
que contiene a lo que llamo,
música de viaje.

Prosigo la marcha, en un
día cualquiera en el cual, tan zombi me siento
que con el destello de las luces de otro auto
me doy cuenta de que conduzco
con los faros apagados,
apagadas,
como mis miradas queriendo romper la niebla
que envuelve la mañana
las mismas miradas,
que intentan evadir la soledad
en este invierno...

LOS DÍAS PASAN.

Y siempre sigo en la búsqueda de la felicidad,
siempre sigo persiguiendo las sonrisas
pero se alejan,
y cuando estoy a punto de alcanzarlas,
se asustan y escapan
hacia el valle detrás de las noches.

Pasan los días,
y los gemidos épicos del erotismo salvaje
ya no los escucho, se desfigura la sonrisa.

La lluvia baja por el tejado, me mira la tarde
mientras clavo la mirada en el teclado
y me quedo perdido en el alfabeto,
se enmudecen las palabras,
ya no hay vino, ni labios a quien besar.

Pasan los días, y a pesar
de esa búsqueda constante de la sonrisa,
sin éxito alguno
sigo con la ilusión de ganar la lotería
y con ese premio desbordante
construir la primer residencia en la luna,
y verte desde arriba, cuando estés desnuda.

Y desde ahí, veré pasar otros días
mirando los sensores
que me indiquen tu presencia.

Podré ver la tierra,
y buscarte entre las urbes húmedas,
enfocar los satélites en los cuadrantes de las
ciudades bohemias y taciturnas...

Mis lágrimas serán distantes
de los días bellos
y las sonrisas serán reflejadas
en el lago del olvido,
y ahí, día tras día
seguiré buscando tu sonrisa,
la que me has negado
desde que te fuiste.

Pero yo me iré a vivir a la luna,
si ganará la lotería!
para buscarte cada día
entre los paralelos, de amor...

Y pasan los días!

En la burbuja de las redes sociales
y esa sensación que los boot nos incitan
a las fascinación de vivir dormidos

perdidos
en el laberinto de internet;
pero los influencer no saben
que quiero perderme
en la belleza de tus ojos.

Pero no te encuentro
es tan cruel la distancia
que tu sonrisa se pierde
entre la noche y su misterio.

Los días pasan, y no gano el premio de la lotería
pero logro, sobrevivir mientras llega ese día.

Los días pasan....

INICIACIÓN.

En el despertar de las tres grandes luces
el ágape de la filantropía del arte real
tomo la barrica en el banquete blanco espiritual
inmerso en el compás,
la escuadra y las cruces...

Jakim Boaz frente al guardián de los misterios
despojado de los metales
en búsqueda del estoicismo
más sublime entre las montañas del esoterismo
con la espada flamígera que rompe el cautiverio.

Grabo estos versos sueltos
en el gabinete de la reflexión
cual alma por el universo en conexión
de la geometría del Gran Arquitecto
que con la mente, construyó!

Coexistenciales guantes blancos
de los hijos de la luz cuyo mandil
resplandece incandescente
en la obediencia presente
en la piedra de fundación.

Como una canción entre las nubes viajeras
quedará planchada esta poesía
al visitar las entrañas de la tierra

para autotransformarnos con alegría
y encontrar la piedra primera
que nos iluminará en primavera,
y nos acompañará en la inmortalidad
en el oriente eterno...!

BAJO EL SUPLICIO DE LA TARDE.

Entra finalmente la tarde,
fresca y verano
intenso, brisa inquieta
párpados brillantes
júbilo desenfrenado
en la tarde tranquila
olor a hielo y tequila
que falta en esta tarde...

Pero quedaba el aroma de enamorado,
de ese amor genuino, inocente,
amor primero, ingenuo,
de esos amores buenos,
tiernos e indefensos.

Y me exilié en la tarde mágica
de esas en las cuales
caminas bajo las veredas
cobijadas por los árboles
y en su sombra, encuentro la paz
en las tardes de verano quieto
cuando el sol se oculta en el ocaso...

CUANDO ME MUERA.

No me busques en las Iglesias, ni en los bancos,
no me busques entre las fiestas de gala,
ni entre el poder de la política,
no me busques en las residencias
de los millonarios...

Búscame donde mi subconsciente estaría; donde
todos los hombres vulgares, como yo,
pretender visitar.

Búscame en los burdeles, en los bares, en los
barrios oscuros, búscame entre las heridas de los
mendigos, en el centro de las noches sin estrellas, búscame entre los amaneceres helados
cuando la brisa entra
por las ventanas...

Búscame entre la gente simple, sencilla, humilde,
modestas y cultivadoras de utopías...

Pero debes estar consciente, que ya no me en-
contraras...

En esta etapa de mi vida llegué a la conclusión,
que el muerto, muerto es...

Y si a través de la luz espírita, logras evocarme en la dimensión cuántica de los muertos, has de saber que solo encontrarás despojos de mi vida, has de saber que solo podrás mirar pedazos de mis apegos, egos, recuerdos y una silueta sin valor alguno.

Búscame en los recovecos de tu mente, y tal vez allí, me encontrarás, pero no seré eterno, eternos solo son, los poemas...

Y si insistes en buscarme en la región de los muertos, mirarás, que lo que quedará de mí, vagará sin rumbo, como zombi, podrás hacerme preguntas que a lo mejor te las conteste con una voz tétrica y descolorida, pero todo se irá desvaneciendo, cual primavera al entrar el verano... Cual otoño al entrar el invierno... Cual otoño al entrar el invierno...

Cuando muera, todo habrá terminado, ese, será mi fin y quedará el susurro de los atardeceres pálidos...
Si quieres, búscame en las pupilas de las noches calladas, en las canciones comprometidas con la vida, en el palpitar del corazón de un niño, en los negros ojos reflejados en una vieja fotografía perdida.

Porque la muerte es eso, el fin de algo y el inicio del vacío...

Un vacío que no siente dolor, ni pena, ni compasión, ni vergüenza...

Morir es fundirse en el universo, es quedar dispersos por todos los lugares que añoramos, pero con mi muerte, has de recordar, que ayudaré a que otros vivan, si aún pueden donar algo de mí, de esa forma, estaré muerto, pero aún sin vida, seguiré siendo útil.

Cuando muera, al secar tus lágrimas recuerda, que te amé, posiblemente no lo dije tantas veces, y que siempre vi la muerte como algo inminente, en cualquier momento, por eso soy bohemio, porque la vida es una, y hay que vivirla estando vivos, reír, cantar y romper los prejuicios de la sociedad decadente e hipócrita.

Es importante ser ridículo, porque solo así, se es auténtico...

Cuando me muera, procura
que esté bien muerto,
y hoy que tengo vida,

no sé por cuanto tiempo,
deja que escriba, porque ya muerto, estas manos
y estos dedos, serán inertes, fríos y amarillos,
sin sangre y sin fuerzas,
y sin el poder para acariciarte...

Cuando me muera,
procura que esté bien muerto,
para que leas sobre mi cadáver esta carta,
pero tienes que estar consciente, que yo,
ya no podré escucharte...

Cuando muera...

PALABRAS QUE MATAN.

Las palabras viajan blindadas
superan la velocidad del sonido
penetran en los sentidos
y salen por las miradas.

Las palabras son lluvia de la foresta
son ráfagas de ensueños,
de deseos y reclamos sin dueños,
las palabras son el alma de la fiesta.

Hay palabras que construyen
las que cuentan historias,
las que destruyen
y las que borran la memoria.

Pero hay palabras,
hay palabras que taladran
que torturan y asesinan
entran en las venas y caminan.

Las palabras perforan el alma,
hasta la quietud más extensa
se desequilibra al perder la calma
bajo las balas de las palabras.

Y cuando el verbo se une al reproche
todo queda suspendido en el espacio

los días se vuelven noches
y las noches en infierno.

Hay veranos llenos de inviernos
cuando las palabras cercenan los días
cuando del sol, sus rayos tiernos
se mueren ante las mañanas frías

... Cuán grande es el poder de las palabras!

Cuando te susurran que llegó el final
se detiene todo
y un ensordecedor sonido
unido a la desesperación
rompe la voz por otra voz
que pronuncia en eco, ya no te quiero.

SOL DE PRIMAVERA.

Han pasado muchas primaveras,
pero como esta
jamás; el invierno ha sido largo,
frívolo e imprudente.
Han pasado muchas primaveras,
pero jamás, como esta;
vi las plomizas tardes bajo cero,
y la primavera, seguía pendiente...

Me parece un siglo sin ver el sol
hoy, me dejo acariciar por la brisa helada;
salí a ver la vida
y la tímida llegada de la primavera
una extraña sensación invade mi cuerpo;
hoy, en estos primeros días
del pálido adiós del invierno
comprendo que los colores
y aromas de la naturaleza
me dejan extraviado
en el laberinto de las palabras
mudas, tercas y pintadas;
vi pasar muchas primaveras,
pero como esta
jamás; siento la llegada
de las torrenciales inspiraciones
siento la brisa entre mis manos

y me quedo paralizado
ante la majestuosidad, de la vida.

Baja el sol, silencioso y despacio
por el perdido horizonte de plegarias
veo la vegetación triste
ante el invierno que no termina de morir
y la primavera que no termina de nacer!
Veo las horas pasar
en este 21 de marzo
poético y de amor, florido.

INTENTO EXPLICARTE.

Intento cantarte, mientras piso los senderos
que caminamos juntos, cobijándonos
con las sombras de los árboles, senderos
llenos de quietud y placenteros,
días de sol radiante que abandonamos.

Intento escribirte
en estas horas cansadas y calladas
repletas de ayeres y utopías,
¿te recuerdas? Largas noches de hadas,
duendes, esoterismos y melancolías.

Tardes de revolución, de proyectos,
de desenfrenadas emociones
y orgasmos precoces,
eufóricos instantes de paz y futuro incierto,
solo nos importaba vivir, de besos y roces.

Intento contarte,
que siempre me sentí feliz a tu lado
y no comprendo porque las furtivas
terapias psicológicas intentan
hacerme sentir culpable;
cual toro alado
me resbalo entre tu vientre,
y torna presente
el amor al ayer, robado.

Intento explicarte, que las terapias improvisadas
no penetran mi subconsciente
y no saben, que te amo
mientras esta poesía se estrella en las carcajadas
de la microdiversidad del medio ambiente.

Intento cantarte, con mi descuidada y tosca voz
de vagabundo irremediable,
te abrazo aún en la ausencia;
cuando reposo en el trabajo,
cuando viajo, cuando pienso en ti...

¿A QUIEN LE INTERESA UN POETA?

Me desperté al improviso
y como siempre, intenté conectarme
con el mundo exterior,
veo la hora y analizo
que habrá alguien que pueda amarme
en mis ratos de frialdad e instantes de furor.

Creo, que soy capaz de reír
cuando quiero soy chistoso
a lo mejor simpático, y vivir;
vivir es la misión,
pero acepto, por momentos soy odioso.

¿Quién compra a un poeta?,
¿poeta poco sobrio, como yo?

Cada vez me acorrala la lluvia
en el laberinto de la vida,
la vida, si, la que fingimos vivir;
las corrientes del viento puedo sentir
que se filtran bajo la puerta
la noche se fue herida, casi muerta.

¿A quién le interesa un poeta?

En el hilo de la bohemia existencia,
en el concepto que cada quien la entienda
en esta moral con su violencia.

¿A quién le importa el verso que se extienda?

¿A quién le importa un poeta?

¿Un poeta estúpido, ignorante
un escritor que no se peina, que no pide nada
un poeta sin casa, sin prejuicios
y que odia al arrogante?
¿Quién compra la inspiración creada?

Renuncio a todo, no soy lo que combato
no soy lo que no quiero ser
soy, un ser que está iniciando a nacer
con solo dos pares de zapatos.

¿Quién se apiada de un poeta?

¿Un poeta insensato, terco, como yo?
ya solo quedan retazos de mi vida
ya solo viajan pedazos de inspiración
ya ni la fuerza de la canción
levanta el alma mía,
¿qué hago con mi fantasía?
¿Qué hago con este amor?

¿A quién le interesa un poeta?

En el derroche de redes sociales
donde somos poetas
y reímos como los animales
porque ya no existen analfabetas.

Solo yo...

¿Qué hago con esta poesía incomprendida?

Si tan solo supiera,
si tan solo supiera,
a quien le interesa un poeta...!

Primavera...
Te recibo con los brazos abiertos
cual quimera
intento revivir los poemas, muertos!

En este juego de letras, que no terminan,
en esta tarde de sosiego y subversión;
... Que esplendida combinación!
En mis años, que caminan...

¿A quién le interesa un poeta?

Un moderno trovador,
pero de moderno, no tiene nada
un juguetón bohemio en pijama,
un payasito de color
que ve bajar la tarde y una nube, callada...

Si tan solo supiera,
si tan solo supiera,
a quien le interesa, un poeta
frío, pálido y desenfrenado,
como yo...

VERSOS SUELTOS Y DISUELTOS.

Porque la noche llega con su silencio
en medio del bullicio,
porque la vida va sin darnos cuenta y viaja
como un cometa,
el tiempo se detiene en un segundo,
al contemplar lo bello del planeta...

Ya no se piden deseos al paso de esos cometas,
hoy, solo se ven las estelas
de los aviones que surcan los cielos,
ya no se ven poetas,
solo versos colgados en los muros de facebook
que consuelan,
solo sombras que se mueven
en las pantallas de los móviles,
solo ojos concentrados en las cajillas
con dibujos animados, con emojis de colores,
solo se ven seres humanos
que dejan de ser humanos para quedarse solo
con la parte animal...

Fuera de las redes virtuales y dentro de ellas,
animamos la vida con cada inspiración,
los aprendiz de poetas caminamos
por el cosmos, no es que estemos fumados,

pero fumamos sin querer
el smog de estas tercas ciudades...

No sé por qué escribí esto, solo sé, que ya está
publicado...

A NUESTRA TIERRA : CUZCATLÁN

Aquella, aquella nación
a la que no podemos recordar en silencio
aquel país que llevo en el corazón
nos hace reír, nos hace cantar
nos hace vivir el momento.

Y este sentimiento
que vuela por el azul de El Salvador
nubla el pensamiento,
y en las mañanas en un fugaz abrazo
me recuerdo de vos, mi tierra, mi sol...

En la que hundo mi poesía
cargada de nostalgias mezcladas con alegrías
cuando en aquel aeropuerto te dejé
palpitando de dolor
y en el clamor, de las ganas por volver...

De tu gente, la elegancia
y en un arrebato de euforia y palpitación
trabajando en plena constancia
llegaré a mis pueblos, para entregar esta canción.

Y si enloquecido te dejé
buscando el viejo continente
tu cielo nunca cambié
y de tus sismos estuve siempre pendiente.

Regresaré para mojarme en tus lagos
subir, como en los viejos tiempos
tus montes y colinas
sigo siendo caminante y con mis manos hago
un racimo de versos que tú, iluminas...!

Soy sencillos y vagabundo
mi mirada es suave y tu ser profundo
porque eres tierra viva, que siente y que respira
nuestro Cuzcatlán... Tu pueblo te admira.

Y cuando en las grises tardes de invierno
al encontrarme con los amigos
pienso que estoy con vos y tomo mi cuaderno
en los frívolos diciembres, llenos de abrigos.

Ahí estaré, para ver nacer la patria de los pobres
desde Europa te lo grito
que mi afecto por ti es infinito
y no dejaremos que tu futuro zozobre;
por eso hoy este poema recito
para que Cuzcatlán sea siempre, bonito...!

Tus próceres no son esos próceres
tu historia ha sido negada
tu lengua congelada
en el baúl de los imperios,
pero un día se romperá el misterio.

Ahí estaremos, la diáspora, brillante
para celebrar la liberación cultural
con la iluminación constante
para cambiar la versión oficial
de tu historia Cuzcatlán, de tu vida,
para crear, la nación unida...!

FOLLAR.

No es grotesco el nombre de este poema
simplemente, con afán y esmero invita
al instante del placer en una cita
atrevida y embrujada por la pasión extrema.

En ese deleite de dicha suprema
de esperma ardiente y ardientes besos
te pido que grites, por favor blasfema
acaricia con tu ser hasta los huesos

No habrá reflejos
que no sean los instintos
de los minutos mojados y distintos
no habrá culpables ni complejos.

Nubes de pasión y alborotadas
las hormonas impacientes,
manos desencadenadas
recorriendo tu piel, complaciente.

Erotismo sutil y desclasificado
medias transparentes que encienden la pasión
más convexa y entusiasmados
cual volcán en erupción.

Vientos de otoño, vientos de placer
vamos rompiendo las horas hasta el amanecer

agitados por la complicidad, el adulterio
abrazados en la semioscuridad del misterio.

En la mesa de la habitación color canela,
dejamos la decadente luz meditabunda
y en aquel silencio incentivado, la candela
se fundió al candelabro y a la noche profunda.

En las treguas que los besos nos daban
veía de reojo tu ropa tirada
tu sostén rojo y tus medias que me hablaban;
así pasé las horas, en los brazos de mi amada.

Follar, quien pudiera follar sin miedo al tiempo
con la libertad más vulgar ante los puritanos
follar con el amor más grande de los profanos
follar con el amor más grande
de los sentimientos.

Benditos los fornicadores
que en cualquier sitio, pecadores
aprovechan felices el humano
placer del sexo, en el rito pagano.

HOY, EN TU CUMPLEAÑOS.

Este día ha sido sumamente intenso
frágil, dulce y denso
lo pasamos en un lugar inesperado
tus hijos, y yo, a tu lado...

Las horas corren,
... Cuanto corren!
Tu valentía es indescifrable
sabemos que sin ti
el mundo se derribaría.

Ya casi pasa otro día
ahora duermes, te contemplamos
que particular cumpleaños
en medio de todo, hubieron minutos de alegría.

Te veo dormir, cansada, agotada y rebelde
qué más puedo pedir
no hay pintura en tu rostro, ni en los ojos tiza
solo la leve brisa, en la tarde que cae, poetisa.

Sereno cumpleaños.

TE HAS IDO AMIGO

Es inútil desperdiciar tinta, te has ido
nunca pensé escribirte luego de tu muerte
nunca pensé que te marcharas antes de mi
sin embargo fui
un amigo entre los amigos, y te di
mi amistad pura y sincera...

En esta trágica primavera
escribo estos versos tristes
te fuiste
de improviso de esta vida;
pero será tu ida
un signo de rebeldía...

En cada día, pensaré en tu decisión
de entregarle a la patria tu corazón
y no traicionar tu rebeldía
tú me dijiste un día
que la revolución continuaría

En cada canción, poema o suspiro
y hoy entre sollozos, te escribo
con versos de fuego y decisión
que sea tu canción
la que me inspire en esta vida...

Luchador, hasta la victoria
sin vendernos al mercado
cual ser amarrado
en esta vida incierta....

EL POEMA
QUE MUERDE MIS MANOS.

En las horas plegadas en mi espalda
con la imaginación de tus piernas, baja la falda,
dejo en cada idea, mis huellas de superviviente
del desprotegido ser en este universo.

Se van rompiendo letra a letra
verso a verso
esta poesía que le robe al precipicio
mientras respiro smog
con los pulmones desgastados.

Hay momentos en la vida
que nos detenemos para mirar hacia atrás
y miráis solo llanuras, montes y vaguadas;
el viento se lleva las ideas aguadas.

Mientras el poema muerde mis manos
porque no quiere que siga en mi delirio,
delirio del que dejó de sufrir,
para renunciar a la vida de engaños
de flores marchitas,
de calendarios sobre los años
que contemporáneamente,
este poema muerde mis manos.

Veo pasar los días que se pierden en un huracán
ya quedan pocas hojas en los árboles
ya quedan pocos ojos negros
atrapados entre el asfalto de esta vida.

CUANDO LAS MADRUGADAS
ERAN MÍAS.

Recuerdos que evocan los buenos tiempos
aquellos en los cuales soñábamos juntos
cuando nos descubría el agradable viento
de las tardes que se escondían
frente a nuestros ojos...

Que tiempos más hermosos
saboreando la belleza de la vida
haciéndonos mil promesas
entre caricias clandestinas
mientras se hundían tus ojos en mis retinas...

Me dijiste que las madrugadas eran mías
que en mis horas de flojera viera las estrellas
e imaginándote entre ellas
lanzara mis suspiros...

... Pero llegaron las noches negras, de vampiros
de soledades solitarias
de besos furtivos
en la imaginación...

Clavado en la desesperación
de buscarte entre las sombras
y no te veía
y nunca llegabas...

Horas marchitas y ahogadas
en esas ridículas miradas
producto de mi desesperación
no me consolaba la canción
ni el ideal de seguir con vida...

Hoy entré en los recuerdos
de noches de vagabundo
de huidas
de grietas en mi mente
de renuncias y desafíos...

Eran años mozos los míos
en los que te descubrí, seductora
provocadora de besos
hechizadora de amor...

TIEMPO AQUEL

Quisiera volver el tiempo atrás
y ser un águila que vuela alto
para contemplar todo tu ser
y despojarme de los prejuicios.

Quisiera volver al tiempo aquel
cuando jugaba con tu maleza
bebía de tus fuentes
y te abrazaba sin ambages.

Me habían descrito tu físico,
que eras redonda
sin color de piel definido
vieja, pero no tan vieja
biológicamente fascinante
y tus climas, eran
la química perfecta.

Hermosos manantiales
en cuyas aguas los peces
rompían los cristales.

Supe de tus mares, limpios y deliciosos
conocí los bondadosos
montes silvestres
flores de las montañas
y aullidos de fieras por las noches.

BAJO LA MISMA LUNA.

Hay personas que iluminan
por su grandeza, su espiritualidad
dejan huellas cuando caminan
y dejan recuerdos en la inmensidad...

Hay personas que destellan felicidad
y cuando lloran en la soledad, vibra su ser;
no puede ser de otra forma, hay complicidad
del que ama y del que sabe amar.

Hay personas que irradian vida con su mirar
dejan suspiros al caminar
personas que perdonan,
personas, que saben amar.

Eres la mujer que engrandece la vida
inyectas magia a las noches prietas
y en mi corazón las grietas
son cubiertas por tus besos...

Eres una mujer transformada
hábil, fuerte y dinámica
mientras camino te pienso
y las estrellas me acarician.

Estas tan guapa, tan atrayente
que hasta los grillos se acomodan

a lo mejor me recuerdas
a lo mejor no te olvido,
y nos imaginamos
mientras caminamos
bajo la misma luna...

RUMOROSO SILENCIO.

En esta época de poesía decadente
de groserías con el hígado escritas
veo el recuerdo y estas presente
en mis pupilas casi marchitas.

Por estos años, está de moda morirse
y veo tras la rendija del tiempo bello
la infancia y adolescencia que no quiere irse,
veo, nuestros cuerpos sucios
y alborotados cabellos.

El jugo de los mangos bajaba por los codos,
se juntaba con la tierra que cobijaba nuestra piel,
eso nos tenía sin cuidado,
disfrutábamos el sabor y la miel
de los frutos más exquisitos del universo.

... Y llegó el tiempo perverso
poco a poco dejamos de subirnos
aquéllos árboles suspendidos
en el tiempo intenso
e iniciamos a viajar, iniciamos a irnos.

Allá aguardan los troncos viejos
de esos hermosos árboles que sirvieran
de divisadero ante los bombardeados
del cerro el tigre y volcán de Usulután.

Sentíamos el silbido de los misiles
que eran cientos o miles
viajaban veloz cerca de nuestras cabezas
como brasas
para destruir vidas y casas...

No quiero aburrirte con mi antología
cúmulo de tantos años puros
no quiero provocar tu melancolía
de esos años ingenuos y duros.

Mis ojos negros, profundos y tercos
aún contemplan en la distancia
los eternos momentos de juegos y goces
y hoy, antes que la muerte nos rose
con su aroma del olvido
quiero decirte al oído
ante esta tarde de testigo
que poseo un tesoro, al ser tú, mi amigo.

GUERRERA DE LA VIDA.

Alma y fuego, entre los ojos nublados
mientras las alegres canciones desfilan
sobre la arena mojada de tu piel,
te veo pasar y quedo cautivado.

Y es que estoy enamorado
de tu fe, de tu lucha y de tu respirar
hoy, en tiempos modernos,
revolución tecnológica
hoy, como en antaño
luchas con pasión.

Pareciera haber pasado un siglo
siempre bajo el mismo cielo
siempre entre el fuego
de las contradicciones convexas.

Hoy, al igual que hace siglos
se dibuja tu encanto
sobre el embrujado manto
del jardín de espinas.

Porque algunas rosas son rojas
como rojo sigue siendo el amanecer
como rojo son los ojos cuando se hinchan
al ver la injusticia persistente.

Ojos rojos por la hinchazón del dolor,
color y sabor del sufrimiento.

Pero todo se desliza
ante las caricias de la tarde
que arranca pedazos de nuestro ser,
y con cerveza en mano, se camina
rumbo al horizonte, de la vida.

En este verano caliente, las tardes
son oasis de frescura
y veo entrar la noche
que pelea con el día
que se aferra al sol hiriente.

... Pero, que va! La noche entra
mientras nos dejamos envolver
de la desnudez de la música
que pillan nuestras alegrías
para transformarlas en pasión.

Cual bohemio por el callejón
de esta vida enloquecida
y de estas manos que no olvidan
los minutos de gozo,
que no le pertenecen al tiempo.

Oh vida! Te escapas de las manos.

BUSCO UNA EXCUSA.

Busco una excusa para inspirarme
después de las lluviosas tardes
y la hipocresía necia y cobarde
busco una excusa para inspirarme
busco un refugio entre el silencio
un oasis que pague el precio
de todo el caminar
de los años perdidos sin amar.

A la vida le arrebato un suspiro
y al trovador lo admiro;
a pesar de tanta infamia, falsedad,
la vida sigue, con fuerza y terquedad.

Cuánta gente falsa, cuánta hipocresía
ayudan, sin ayudar, y rompen la fantasía,
rompen la creatividad, la verdad
hay gente que ensucia todo, hasta la bondad.

Me cansé de ser ingenuo, suplicante,
me cansé de esperar.

CAMILLA.

Cuando te veo, así
con tus machetitos hermosos
tu ojos redondos y tu pelo...

Tu pelo... como un arcoíris que irradia luz,
dulzura y bondad...

Cuando te veo, como la fresca mañana en el
mar,
como ese sol sobre el horizonte
ahí, donde inicia todo, ahí donde inicia la vida...

Porque eso eres, vida y ternura
cautivadora de nuestras miradas
eres una carcajada,
de felicidad...

Eso, eso eres... eso y mucho más!

PRIMAVERA QUE DESTILA AMOR.

Plegarias que destilan amor
amor que enloquece los sentidos
que amarra el corazón y los latidos
llegan hasta el universo...

Primavera que trae versos
textos llenos de júbilo y silbidos
que se pierden en las enmarañadas
mañanas de inspiraciones...

Flotan por la mente las canciones
bajo la mirada inquisidora
de las horas que se marchan
en el estampado sol de primavera...

Mientras en la rivera
de los sueños tercos
yacen filtrados los amores
que como licores
raspan la laringe
y soban las penas.

Hilera de suspiros
de tragos fuerte de rum, tequila
y otras hierbas
en este amanecer sin tuercas
que aplasta los senderos

en el tiempo hiriente
que sonríe en la despotricada
idea de seguir viviendo.

Primavera que destila amor
convertido en el licor
más valioso y aventurero.

Primavera, que destila amor...

LA ENAMORADA

Le pregunté al tiempo por los amantes,
llovía, y me dijo que los vieron pasar
como el sol bajo las gotas, radiantes.

Esta es la más surreal y verosímil
historia de amor;
su camisa marcaba los voluminosos pechos
la falda Escocés sutilmente se alzaba al caminar,
el clandestino amor la esperaba al acecho...

En esas tardes de delirios sin fronteras
se movían las hojas de los árboles en primavera
al igual que sus ideas y sensuales caderas,
nacían los besos, ella se quedaba a la espera,
que su alma viajara por la lejana arboleda
con la mente entusiasmada
en esas tardes placenteras
en las que quemaba las horas, la enamorada.

Los novios galoparon sobre la loma
del placer desbordante y peligroso
quedando en los rincones el aroma
de su desnudez, en aquel día majestuoso...

El otro día la vi pasar con un vestido,
casi transparente,
su querido suspiraba con el latido
de su corazón impaciente.

Él, acarició con suavidad sus pechos cual paisaje
de las espumas del mar con sus oleajes,
ella, juntó sus labios con los del atrevido
mientras se quitaba el vestido...

Los días corrían alegres y sin prisa
el novio vibraba de pasión
la novia flotaba entre la brisa
dejando a un lado la dialéctica y la razón.

Eran jóvenes inquietos y entusiasmados
se sentían dichosos de la mano tomados
desafiando a sus padres y negaciones
vivían felices sin complicaciones.

Pasaron los meses y los años mozos,
en las calles que los vio caminar
quedaron los recuerdos hermosos
de los novios clandestinos que supieron amar.

Jamás he vuelto a preguntar
por la enamorada y su galán

ya no se ven por el voulebard
pero dicen que por la vida van.

Jamás he visto otra pareja igual
en el más tierno desenfreno de la pasión
el sol salía esperanzado y puntual,
y en la espera, escribí esta canción.

El cruel tiempo los decoró con arrugas
y caminan despacio desafiando el calor
cual quimera de las tortugas
vivir siempre en el mar y con amor.

El calendario con su maleficio inquisidor
le cerró las puertas
del metal más pesado a ese amor,
pero las fuerzas del querer
superaron el anochecer...

Y surgió un nuevo sol, bello y arrepentido,
la niebla sublime de la mañana sin sabor
los descubrió juntos y sorprendidos,
ancianos, todavía sabían, defender ese amor...

La fértil caricia de la vida intensa
les brindó la sábana de las madrugadas
él, siempre la amó con la fuerza inmensa
la novia envejeció feliz, como toda, enamorada...

LOCURA

Al borde de la locura,
sobre la cima de la nada
sobre el filo de la esquizofrenia,
cerrando todo
maldiciendo el viento,
empuñando la indiferencia
de los días pesados,
como rocas sobre los hombros
como niño que no sale del asombro,
del mundo escuálido
indiferente, carente.

Sigo la marcha,
aún sin saber para qué sigo
sigo sigiloso y confundido
buscando otra estrella en el cielo gris
nubes abstractas y tan reales
nubes que reflejan los manantiales
de locuras irreparables.

Tinieblas y más tinieblas
asquerosidad del destino
puñales repentinos
que atraviesan sin cesar
las horas que no existen
en las tardes de vendaval.

HOY VOLVERÉ A TU ALCOBA

Ayer visité tus manos
y comprobé que aún escribes
sobre el manto de Álamos
la noche azul describes.

Ayer visité tu vientre
de águila en alto vuelo
adornado tu pecho
de plumas suaves y anhelos.

Ayer me subí a cuerpo
sobre el lecho de pétalos inquietos
los besos que nos dimos
fueron luz de amuletos.

Ayer visité tu mente
y me trajo tantos recuerdos
cosas bellas y fluorescentes
cosas lindas y amaneceres.

Hoy volveré a tu alcoba
subiré agarrándome a las hiedras
que como hilos trepan al cielo
atravesado tu cuerpo, desnudo y sin miedo.

UN DÍA CUALQUIERA

Miré desde la ventana del autobús el sol alegre
me bañaba con sus rayos de vida y acariciaba
cada cosa que tocaba
con premeditación y alevosía,
al ver ese derroche de luz, esa elegancia de vida
me eché a escribir estos versos de fantasía
provocado por el lunes que me levantó de prisa
y yo que no quería sentir la brisa,
fui descubierto por este maravilloso sol
que con su coqueteo durmió a la luna
y se tiró a caminar sobre nuestra atmósfera,
y cada vez que miro al sol,
me recuerdo, de la vida.

Y cada vez que me recuerdo de la vida
doy un suspiro profundo, hincho el pecho
y suelto lentamente
el aire convertido en bióxido de carbono,
y me quedo mirando ido
y pensando en lo bien que estoy,
aún en ruinas, pero vivo
todavía en la miseria, pero respiro
aún con los bolsillos vacíos
pero siento el rocío
de la terca existencia que me acaricia,

escucho un grito ensordecedor en el ocaso
detrás de los árboles de mango
que otrora me dieron emociones.

RETAZOS

Volver a escribir en el umbral de los recuerdos
que se ahogan en el espacio vacío,
volver a describir las imágenes borrosas
que dan vitalidad; por lo menos eso creo,
regresar a la nebulosa
que hizo tanto bien y tanto mal,
retornar a los lugares que caminé lentamente
para saborear cada recuerdo,
retazos, retazos de ayeres que silenciamos
con las miradas de derrota,
ayeres que nos costó la vida,
o pedazos de la misma,
historias en las que dejamos
la piel en cada paso,
en cada respiro,
en cada esquina.

Nunca quise detenerme a comprender
cuánto me amaste,
y no tuve el valor
para demostrar cuánto te amé...

El tiempo se fue entre las
manos que te acariciaron,
entre las miradas indiferentes,
entre la lluvia, entre la espera
y entre el blindaje del adiós.

Amarnos fue una locura necesaria,
y el tiempo que invierto para escribir esta carta
que nunca leerás, no es tiempo perdido,
es tiempo en el cual florece la vida
por un puñado de minutos,
de algo que ya es retazos.

Para contradecir el fracaso de la verdad,
me senté en otro ángulo de la historia,
desde aquí,
solo pueden salir lágrimas del alma,
de algo que fue bello y terminó.

Pedí, como es normal, el sambuca con hielo,
me senté fuera del bar, alguien fuma,
el aroma llega a mi olfato,
veo pasar la gente,
veo las siluetas de nuestras almas
caminar por las aceras del ayer,
veo la tristeza que me hunde en la melancolía,
veo desvanecer la tarde que no logro describir
en este texto,
veo solo pedazos de lo que fue
nuestro amor incomprensible,
enredado en dibujos animados.

En eso se redujo nuestro amor,
en una caricatura del ayer,

retazo que componen
el rompecabezas de nuestro amor,
y hoy escribo la posverdad; te amé,
pero ya nunca lo sabrás
y si por cosas del destino lo
supieras, ya todo eso carece de importancia.

Veo vaciarse el vaso, levanto la mirada
y contemplo el pasado,
difícil describir lo que cambió, difícil negar,
que aún te amo...

¿Y SI VOLVEMOS?

Veo de reojo y con miedo el amor olvidado,
miro los suspiros que regresan a su nido
y las lágrimas se quedan secas y perplejas.

¿Será verdad que de las cenizas resurge la vida?

Luego que del amor olvidarme había conseguido
el tic-tac del reloj se detiene y despellejas
la última gota del desamor y abres otra herida,
que sospecha y sabe a incerteza,
riesgo, negación de lo que ya había podido
enterrar en mis venas.

Tú, queriendo que te lo diga pero sin pedírmelo
y yo, queriendo decírtelo sin que se vea atrevido;
los dos amagamos que no sabemos,
los dos fingimos que tenemos miedo,
miedo de volver a mentirnos,
pero necesitamos esa promesa
para sentirnos vivos,
anhelamos el susurro del amor al oído,
queremos volver a navegar
entra el mar confundido
y beber hasta la embriaguez del nuevo vino.

Queremos hacernos daño,
porque sin esas laceraciones
nuestra vida no tiene sentido,
queremos iniciar de nuevo,
porque hace falta amar
en tiempos del olvido.

Y perdonarnos en el camino,
o fingir que los daños nunca han ocurrido,
pero es urgente amar después de haber caído,
es bello saber que hay alguien que te espera
por los caminos del amor,
en épocas del coronavirus.

EL AMOR ES COMO EL CACTUS.

Todavía no sé si insistiré
pues el amor es un cactus que no muere
por más desierto que le caiga encima
por más sol sobre su piel,
el cactus nunca muere,
y mi amor es el cactus en pleno terreno árido.

Intento matar este amor
pero cada mañana revive
intento quitarle el agua,
intento dejarlo tirado sobre el asfalto
lo pisoteo, lo desprecio
y siempre regresa, no muere.

No sé si es una maldición
o un drama, pero sí sé
que es inmortal.

Aún no sé si podré soportar el peso
de este amor con espinas,
de este cactus que no muere,
de esta soledad que no me deja,
de esta amor, que aún me persigue.

Este amor es persistente
no logro escapar de el
por más que me esfuerzo
el amor regresa
como el látigo en la espalda
como la caricia del viento
como el susurro del ayer.

Que haremos con todo este amor
que no cabe en el universo
que haremos con esta herida
que no cierra y rompe los hilos
sangra, llora, espera
y suspira lágrimas de dolor.

Al igual que el cactus
por más que lo desprecio,
más me mira fijo
hay momentos que casi muere
pero de repente
sale alguna necia y microscópica flor.

Siento, que el cactus de nuestro amor
me ha derrotado
es más grande el amor que la derrota
es más potente el amor que las heridas.

Todavía no sé si resistiré
a este amor contradictorio
un cactus destópico
que me niega la realidad
y me escondo tras la soledad
para evitar aceptar
que este amor es inmortal.

LOS SUEÑOS COBRAN VIDA.

Por las noches, siempre tengo presente
cuando el cansancio se apodera de mi cuerpo
me sumerjo en los recovecos de la mente
y el subconsciente revive los recuerdos,
inclementes.

Por las noches, mientras mi cuerpo aplastado
por el correr de la jornada
yace sobre la cama vieja
me arrastran los yoes, a manada

En esos inesperados instantes
de sueño profundo
entro en los submundos de mi ser
.... Y no puede ser... siempre tengo que conocer
a personas en el olvido.

Mientras el viento de las madrugas
me susurra al oído
sigo en el ruido, de la luz astral
y tal para cual, te vuelvo a encontrar.

Quien pudiera controlar
los instantes de placer
y aún sin beber, siento compasión

de mi pobre alma, arrastrada
ante el huracán del no saber.

Cuanta borrachera de placer
en esas noches furtivas
en medio de egos y almas abusivas
que mi cuerpo no puede palpar
pero sí, figurar, entre los cuerpos perdidos.

En el sueño, el tiempo no existe
ni modo de salir de las escenas
que se resbalan de una a otra,
aparentemente desvinculadas.

Son testigo las madrugadas
que al despertar, pareciera un sueño
pocos segundos nos bastan
para comprender
sin remedio alguno
que todo fue irreal
y que no hay ideal más grande
que el deseo de volver a soñar
en eso que nos gusta tanto
en eso, que no es real...

AGRAVIOS Y LA NECESIDAD
DE SER HEREJES.

El peor agravio es creer que soy dueño
de las noches hermosas
la tristeza más hiriente
es ver sin cervezas la nevera lujosa
y tener esas ganas de escribir
sin saber que letras usar,
esperar frente al teclado mientras el frío cinismo
de las horas se ríe de mi estúpida mirada.

Y bueno, alguien se molesta porque encuentro
luego de largas sospechas
el vino de cocina celosamente escondido.

Entonces sí, mis negros ojos se alegran
mis pulmones sonríen con timidez
y mis dedos se atrincheran como esperando
el primer disparo, y llegan de golpe
las ráfagas de inspiración, cosas banales
o fragmentos de una vida bohemia.

La herejía más significativa
es romper la educación
que nos hace cómplices de un mundo mudo,
el pecado más importante es negar la razón

para darle paso al fanatismo desnudo.
La subversión más exquisita
es la que nos permite mirar
con el cristal de la contradicción
bajo un aguacero en plena ciudad, y gritar
de asombro recitando tu mejor canción.

Agravio de haber conocido la simplicidad
en medio de la complicidad de amar
en esta sociedad de animales
donde casi es prohibido,
porque todo lo controlan
los centros comerciales.

Innumerables veces
pasé horas viendo la pantalla
del computador y no sale nada,
es como una batalla
en la que no puedes
robarle inspiración a los días
plomizos y grises emociones,
pálida mirada en los atardecer rebeldes,
tímidos dedos pendejos
que solo escuchan los pasos
de los pájaros en los tajados.

Si esta cuarentena no nos libera
nos hará más brutos,

mientras tanto,
esta primavera se nos va en minutos
y hay que darnos cuenta
de los agravios que le hacemos
a esta sociedad con su hipócrita moral,
y tocemos,
tocemos la desfachatez del peregrino
escritor de sueños y desvelos,
de alegrías y tristezas;
en este encierro del dilema
de no tener cervezas
y beber el vino de cocina
en ausencia de los suspiros.

Tenemos que hacer agravios
y subvertir esta sociedad
que no termina de morir frente al mundo nuevo
que empujamos y que no termina de nacer...

SE FUE EL PODEROSO

(para mi hijo Virgilio)

Llegó sin esperarlo
vos estabas inquieto
el motor llegó a tus manos
y viajabas contento bajo el viento.

Tu primavera la sentiste en la brisa
tu chamarra negra de rockero
tu pelo largo,
tu mirada y el poderoso.

Se fue, llegó su fin,
hoy la bici te reclama su abandono
tu pecho entristecido y con el tono
de un adolescente cabizbajo
que ve las calles y el andrajo
recuerdo del poderoso.

Vendrán otras primaveras
tu pelo será acariciado por otros vientos
tu nuevo poderoso será más fuerte
al igual que tu voz de rebeldía.

Llegará hijo, ese día
que el motor volverá a tus manos
de joven terco y liberador de caminos,

con tu lucidez, tus sueños
y los pies sobre la tierra.

El poderoso se ha ido...

Pero no tus ganas de seguir
como todo guerrero
que al perder su caballo
su batalla sigue, por siempre.

Cabalgarás sobre otro poderoso Italia
tu corazón tan noble no se detiene
tu fuerza por vivir
es más grande que el motor
el poderoso se fue
pero eres creador de otros poderosos
sobre los que recorrerás estos pueblos
cuyas calles te esperan
y los veranos en los ríos,
veranos hermosos.

Vendrán otras primaveras hijo, vendrán.

CARTA PARA MI HIJO ULISES.

Pálido atardecer
cuando en aquel día
te vi desvanecer
al verme partir.

La brisa soplaba tu pelo de niño
y con una ternura infinita
me dejaste en el alma tu cariño
y tu mirada inaudita.

Pasaron los años, corrió el tiempo
al verte frente al computador
regresan los recuerdos y siento
el niño con su candor
lleno de sentimientos.

Vos no te recordáis
cuando tu pecho chillaba
por el asma o la bronquitis,
tus negros ojos me miraban
y al encontrarse con los míos
lloraban pidiendo auxilio.

Aquel día, en el aeropuerto
me dijiste adiós con tu mirada

aquella triste tarde
que de mis brazos te fuisteis
y yo quedé ahí, anonadado.

Sobre las bancas se desplomó
el aprendiz de poeta enamorado
lejos se fue el niño de mis brazos
y tus últimas miradas
parecían gritar:
Papá, papá, no te alejes...

Papá no tuvo el valor de regresar,
era la despedida
era el primer adiós en aquella tarde triste,
sin vos.

Hoy, al contemplar tus fotos me dio de escribir
y los amargos días se vistieron
de luz cuando regresé,
y vos me recibiste con abrazos
desafiantes de la vida.

Te veo crecer, soberbio y atrevido
caminas como elefante,
conquistador de sueños,
creador de música
y de estos inviernos, eres dueño.

Tu rebeldía, hijo, la debes transformar
en amor continuo,
reflejo de tus textos poéticos
con sonrisa tierna de amistad fraterna.

Descansa hijo
mañana será un buen día
la vida te espera para que la conquistes,
para que la domines, la enamores
y haga de vos, un ser de bien.

Un beso,
papá.

PARA WILLIAN

Gracioso e inteligente
silencioso y curioso
coqueto e inquieto...

Los años pasan hijo,
y me miras aquí, siempre escribiendo
mirando hondo y suspirando
al verte crecer
te escapas de mis manos
y pronto volarás muy alto,
te veré como gorrión entre las flores
el intrépido guapo del barrio
el juguetón joven que brilla a toda hora,
que ve la vida con calma
y que su alma
está cargada de sueños.

Ustedes, mis tres hijos me han superado,
yo sigo siendo el nostálgico y romántico,
y vos me recuerdas que estoy cada vez más viejo
y sigo perplejo
de lo mucho que has crecido,
ya me siento desfasado,
atrasado sin alcanzar el tiempo

tiempos de la modernidad que corren
esperando que el alzhéimer no borre
los bellos recuerdos de cuando eras niño,
cuán bellas imágenes caminan por mi mente!

ROQUE, FUSILEMOS LA PANDEMIA

Fusilemos el terrorismo mediático
que crea psicosis colectiva
fusilemos el coronavirus
que doblega los pueblos
sedientos de luz, amor y armonía.

Roque, fusilemos la mediocridad
de los que usan las redes sociales
para adormecer a otros,
aniquilemos la indiferencia,
aniquilemos las fake news
que envenenan las mentes.

No seamos clementes
ante la pandemia que paraliza
los cuerpos y las almas,
no perdamos la calma
ante las miradas pálidas
de los que miran
con desprecio la poesía.

La lucha es tuya, y mía
en esta locura de vida
donde la historia nos reclama
la pelea actual por la verdad,
la justicia y el amor.

Roque, fusilemos la pandemia.

Virus que nos abstrae y asesina
que nos exhibe de tantas cosas,
que no aniquila las noches de desvelos,
que no inspira en medio de la borrachera,
que nos invita a ser más humanos,
y vos, sos faro, de los mejores
que la poesía pariera.

Somos eternos peregrinos
de tu "poema de amor",
los necios e insolentes pensadores
que por el camino perdido vamos
en tierras lejanas de Cuscatlán.

Roque, fusilemos la pandemia
para que salga el sol
por el horizonte de la vida,
y en los abrazos, de amor.

UN FANTASMA RECORRE MI CUERPO

Aprendí a caminar sobre los sueños
inalcanzables
aprendí a implorar lo imposible
y las imágenes recorrían el cuerpo y subían,
como el whisky o del vino más barato,
hasta la cabeza.

Y desde la altura de la desfachatez
trago a trago
y de vaso en vaso
enredado entre un puñado de letras
cada vez más incoherentes;
vivían los mejores momentos
que se reusaban a morir,
y en el abismo aprendí a querer el dolor,
porque sin la vibración de las heridas
se nos olvida
que el cuerpo aún tiene vida,
y esos harapos que arrastran la piel y huesos
se agitan con la presencia de las imágenes necias
de fantasmas que ronda el continente,
del cuerpo.

Lancé el adiós entre el vaso con licor,
los dos trozos de hielo sirvieron
de neumáticos al adiós,

e iniciaron el intento inútil
de querer escapar de esas olas
que yo creaba al rotar el vaso, sin embargo,
el adiós se aferraba al hielo, y yo,
a los 38 grados de fuego
que raspaban la laringe.

Me tragué el adiós
y mientras atravesaba la garganta
escuché los gritos de desesperación;
la sopa de letras seguía sin definir
la lógica de la escritura,
y respirando profundo comprendí,
que es absurdo caminar por el mundo,
sin el esqueleto del amor.

Desde ese día, un fantasma recorre mi cuerpo,
me tragué un adiós de verano
y por más que intento, no puede salir
y martilla, golpea la cabeza de los clavos
que entran en las heridas y lastiman el orgullo.
En los días de empalada desolación,
ese fantasma es el café que hace compañía
y comprendo, sin aceptar
que el espectro es vital
para seguir sufriendo,
y es necesario
para seguir viviendo.

CORAZÓN EN LLAMAS

Veo las luces de los faros de las calles,
es madrugada, desearía que tus manos tallen
las nubes teñidas de gris en esta alborada.

He dejado que por mis heridas
se drenen los tóxicos de mi vida,
dejo abiertas las heridas
para que entre la luz de tus miradas
y puedas coser con suspiros,
el desaire que el amor me hiciera.

Quiero besar tus miradas
de guerrera despaisada,
y alumbrar con mis palabras,
tus tristezas despeinadas.

En esta madrugada,
de tibia brisa y amar descalzo,
le arranco al cielo en pedazos,
una sonrisa frustrada,
para convertirla en abrazos.

Si estuvieras con migo,
durmiendo en mi regazo,
haríamos de estas horas

un mantel bordado,
y entre los dibujos animados,
un corazón en llamas,
para que se vea desde lejos,
que vamos quemando el alma,
porque tú y yo, estamos presos,
de nuestros ayeres ingratos
y con el corazón ardiendo,
podemos vivir a ratos,
y treparnos a las nubes grises,
que niegan nuestra existencia,
mientras seguimos en la persistencia
de un amor olvidado,
y arrastramos alma y cuerpo,
para intentar amarnos,
en medio de las heridas,
por donde entra la luz de tu mirada,
mientras miro las luces de los faros
por las calles,
donde tu ausencia ocupa todo,
en esta frívola madrugada.

APOLOGÍA DEL AMOR.

1   Gota a gota destilan las ideas
lentamente se desprenden
por la chimenea
de las inspiraciones que encienden!

2   Al rozar mi piel con la noche, el contacto
la sospecha que me quieres
mi afirmación de quererte, exacto
en la soledad que hieres!

3   Esta historia tiene un complejo
dices de querer a este viejo
quieres jugar con las miradas
y con las horas esperadas!

4   Hoy que estas enamorada
vienes a decirme que te gusto
no se si llorar o dar una carcajada
no se si es ironía o algo justo!

5   Mi juventud se va, no la detengo
al final solo esta vida tengo
intentas levantar mi respiro
y esa fuerza tuya, admiro!

6   Dices que te gusta mi sonrisa
no sé dónde la has visto,
me dejo acariciar de esta brisa
mientras en mirar tus ojos, insisto!

7   Va entrando la media noche
callada y sincera
va entrando como un reproche
cual suspiro de palmera!

8   Hago una pausa, es necesaria
en la agonizante idea templaria
del caballero que no termina de morirse
aferrado a la vida, no quiere irse!

9   El amor que me ofreces
al santo Grial parece
tan distante y tan distinto
tan suave bañado de instinto!

10   No quiero pensar que me quieres
quiero ser el Quijote peregrino
no me digas que por mi te mueres
no logro entenderte, no soy adivino!

11   Dices apreciar mis letras quietas
que lees cada mañana

se ha abierto en tu corazón una grieta
donde cabe nuestra aventura pagana.

12   No niego que coincidimos
en los atardeceres
tiernos y densos
no niego que nos conocimos en los ayeres
de abrazos inmensos.

13   Contra las injusticias los dos estamos
de acuerdo sin dudas, y soñamos
la libertad; y hacia el nuevo viento vamos
que nos hará volar para que juntos volvamos.

14   Nuestro amor, como amor entendido
es imposible en su contenido
no quiero herir tus sentimientos
ni quiero borrar la atmósfera del momento.

15   Tu eres muy joven, yo estoy muy viejo
no dejes que tu inteligencia roben
soy, del pasado mi reflejo
y deseo, que mis ideas innoven.

16   No es que no quiera, es que no podemos
tu belleza es impecable manantial
y juntos por el mundo iremos
en el viaje espiritual, hacia el final.

17   Que no se entristezcan tus bellos ojos,
no dejes que pase eso
de tus escritos tengo antojos
para unirlos a mi pecho y darte un beso.

18   Hay muchas cosas para resistir
no podría sin ti combatir
ideas que destruyen la vida
la cultura y el alma unida.

19   El amor que te ofrezco
no tiene sabor a herida
yo vengo y pertenezco a la historia resurgida,
juntos podemos atravesar
los mares de la literatura
y los pensares, con tus poemas y mis locuras.

20   Tu, joven y radiante como un topacio,
habitante del mejor planeta del espacio
yo, viejo y trovador
por momentos poeta, por momentos cantor.

21   El amor que me pides es matizado
nunca podré estar a tu lado
seguiremos juntos por la paz y la vida
nos tomaremos de la mano en la subida.

22   No, no derrames esas lágrimas quietas
tendrías que estar contenta
no dejes que te circunden las siluetas
bajo esta noche de tormenta.

23   No es un adiós, es un encuentro
en tus inspiraciones entro
y en mis fotografías
puedes escribir tus poesías.

24   La vida es maravillosa
a pesar de tantas guerras
no dejes que la noche lluviosa
derrumbe nuestras tierras.

25   Eres frágil en la carcasa de mujer fuerte
eres fuerte en el vestido de mujer frágil
eres canción joven,
eres música en la distancia, fuente
de energía inagotable, despeinada y ágil.

26   Y yo, ingenuo y resistiéndome,
mucho lloré que hasta he olvidado
como se quiere, como se empieza, sintiéndome
pequeño y sin ser amado...!

27   Viajar, descubrir la vida, la libertad
ese es tu sueño, tu ilusión

¿que sería Barcelona sin tu amistad?
¿que sería yo sin tu pasión?

28   Que importa si nos arrastra la brisa,
que importa si subestiman mis escritos
este asunto salta, tú eres la sonrisa
yo el proscrito, de tu grito...

29   Pero tu amor por mi
es un tema discutible
no sabes lo que soy ni lo que fui
ni mis fantasías posibles.

30   Te aconsejo no quererme
aunque si de amor estoy vacío
no dejes de quererme
mi cuerpo te aclama, un beso ansío.

31   Mi estado de locura es grave
me niego a que me ames
y te suplico que lo insistas, las aves
del mar imploran que te clame.

32   Dices que no sabes escribir sobre los dioses
y comprendo lo que no importa, de los dioses
eres parte transversal de la ironía
eres diosa, mi fina fantasía.

33 Los minutos pasan lentamente
como el suero en las sondas,
acaricio nuestro amor fijamente
para convertirlo en suspiros y ondas.

34 Eres sensible a la niñez sin infancia
quisieras correr con tu fragancia
de joven desequilibrada
¿qué va?, Tu estas enamorada!

35 Lo nuestro no es castillo de naipes
lo nuestro es... todo! Callada
se queda mi mirada
al acariciar los Alpes!

36 No soy cruel y busco un adjetivo
que describa lo que quiero,
podría ser posesivo
y visitarte quisiera, pero...

37 No quiero ser el amante inoportuno
tú eres sol, yo soy... ninguno...
¿Y si los dos en una carcajada
disfrutamos de la vida en Guadalajara?

38 Que dirías de pasear con migo
por las ruinas, los pueblos, los anhelos

esas ideas tengo, soy necio y sigo
soñando volar a tu lado por los cielos...

39   No quiero interrumpir
tu copa de vino tinto
quisiera contarte que el motel espera
no es por ponerle prisa a lo distinto
es para que el ayer volviera.

40   En el temblor de mis dedos que escriben
y describen tu dulzura tras el espejo,
tus vibras mi cuerpo reciben
las venas y alma de este viejo.

41   Me has robado la primavera
con tus palabras atrevidas
que las hojas caen, pareciera
mientras compro más bebida.

42   No sé lo que te imaginas de mi
si supieras que soy el esqueleto
de escritor y del poeta que fui,
hoy tu mirada es para mí, el amuleto.

43   Sin embargo cuando duermo te pienso
como la joven perdida en la amargura
de una vida bella pero llena de tropiezo
de la joven bella y llena de cultura.

44   Yo no puedo quererte
es algo que causaría daño
tú no puedes quererme
soy un ser extraño.

45   Eres la huella que marca el paso
entre el desierto y el olvido
entre el ayer y el presente, en el ocaso...
Entre el amor y su fluido.

46   Quieres un mundo verde
en la geometría del mundo
y nuestro amor quieres que recuerde
en este poema profundo.

47   Te amo...! A sido duro para mi decirlo,
en esta especie de delirio,
te exclamo
no solo lo pienso, puedo sentirlo...

48   Te pienso en la mañana,
en el atardecer urbano
en las noches, madrugadas
en el norte Italiano
en las soledades, mojadas....

49   Te extraño en el concierto de rock,
la guitarra, cuando las cuerdas hieren mis yemas

del alma en el licor que desgarra
en el azul del éter, en el esplendor de las gemas.

50   Tu experiencia con la mía
los dos en la fantasía
más sutil y engañosa
de mujer hermosa.

51   Joven, inteligente y curiosa
de la vida y del amor
atrevida en el clamor
de mujer lujuriosa.

52   Eres como selva
que se alza camino de la sierra
una brisa de aire nuevo, es muy bello
todo cuanto te rodea en la tierra
tu voz clavada en mi pecho la llevo...!

53   Es muy peligroso lo nuestro
buscar el camino de la vida, del amor salvaje
para que me hagas compañía
tu imagen secuestro
eres dulce, eres sol, eres paisaje.

54   Una necedad es quererte
es un atrevimiento desencadenado

pero moriría al perderte
sino llegara el día esperado.

55   Que alegría se ve en tus gestos,
que dinamismo envidiable
llegaran las auroras desesperadas
para disfrutar tu bondad y dotes de amada.

56   Pero lo nuestro no es posible
renuncio al amor de los amores
a la dicha de los dichosos, sensible
tu mano sobre las flores de colores.

57   Lo prohibido, lo prohibido eres soñadora
amante de la paz y la naturaleza
escritora genial, encantadora
mujer de gran nobleza.

58   Pero me niego a pensar
que podamos querernos
me niego a creer que tus ojos sean míos,
te extraño,
y te necesito por receta en estos inviernos
con mis palabras,
nuestra amistad empaño.

59   Yo me iré contigo, si tú te vas conmigo
no puedo detener este verso y sigo

tú eres bella e inteligente, yo
trovador e indigente.

60   Tú, eres solar, la magia hecha vida
yo, concreto y sin comida
tu sueñas, tú haces filosofía
yo, no duermo pensando en la ironía...

61   Tú, tienes toda la vida por realizar
yo, voy construyendo el puente
para la calma y el pensar;
tú eres la antorcha renaciente.

62   Como olvidar tu voz,
como olvidar tu sonrisa
en mi vida despedazada y feroz
eres el manto de la brisa.

63   Me rindo! al final de este poema
me rindo ante tu amor
tan lindo, tu tolerancia,
tu insistencia, tu eterna vida de resistencia.

64   Ambos caminamos firmes y sin temor
por la hoja de la navaja afilada
tu genuina pasión y amor
son la fuente de la tarde amada...

65   Quieres arriesgar todo por el nada
pones en riesgo tu futuro por un poema
en esta noche que entra callada y poniendo
nuestras vidas en dilema.

66   Tu mirada ilumina la tímida noche
con mis manos el reloj potencio
le pido a la luna como reproche
¿por qué no te escucho en el silencio?

67   Cada día aumenta la locura
el deseo desenfrenado
de acariciar tu figura
y quedar cansado y despeinado.

68   Voy empujando la madrugada
no puedes salir de mi mente
te imagino enredada
entre mis piernas, mis manos y mi frente.

69   Por las calles empedradas
tercas, viejas y batalleras
saciaré tu presencia esperada
y le rogué a mi Santo para que volvieras.

70   Los pájaros con su cantar
adornan las mañanas

me pierdo en tu mirar
mientras te espero en las ventanas.

71   Amar... quien pudiera amar.
Cuando desnuda entra la noche enamorada
y veo la lluvia y rodar
por las calles la tristeza de horas mojadas...

72   Todavía queda espacio para la soledad
rompo el domingo de quietud
queda espacio para la bondad
que resbala en mi como un alud.

73   Me quedo con tu sonrisa de princesa
robo tu alegría y te dejo mi recuerdo
el vaso cae por la mesa
mientras toco tu foto y mis labios muerdo.

74   ¿Podrías quedarte
esta noche con tu candor?
Si tan solo tus manos tocaran suave
mi pecho inflamado... de amor;
pero te vas! maravillosa ave...

75   Cuando no me escribes siento un vacío
la adrenalina por mi cuerpo entero
en mi mente tu llegada anido
y al verte pudiera gritar... te quiero.

76   Quiero besarte con mi inspiración
quiero desnudarte de prisa y sin cautelas
anhelo acariciarte con la canción
anhelo tocarte en la oscuridad al apagar la velas...

77   Saber que no estoy en tu almohada
Que todo fue un sueño,
que nunca existió lo nuestro, calladas
se van las tardes, calladas...

FIN.'.

Printed in Great Britain
by Amazon

66651321R00097